Ce livre appartient à

_______________

Conception des jeux : Agnès Lechat

ISBN : 978-2-7470-4000-6

18 rue Barbès – 92120 Montrouge - France
Dépôt légal : mars 2012
Imprimé en Chine
Loi 49-956 du 16 juillet 1949 sur les publications destinées à la jeunesse

Serge Bloch • Nicolas Hubesch

# ZOUK

## la sorcière qui rêvait d'être une princesse

bayard jeunesse

Dans une grande, très grande ville du bout du monde,
au milieu des grands, très grands immeubles,
il y a une petite, toute petite maison.

C'est là qu'habitent Zouk et sa famille.

Zouk est une charmante petite fille, comme toutes les petites filles.

Son papa, Salulēga, a une grosse voiture, comme tous les papas.

Sa jolie maman, Salsepareille, est la plus gentille, la plus douce et la plus drôle des mamans.

Et voici ses deux amis, Noyau et monsieur Potiron.

C'est une famille comme les autres. Enfin… presque !
Car, dans cette famille-là, on est tous sorciers !
Mais ne le dites à personne, c'est un secret.

ABRACADABRI, CADABRA

# Zouk
## la sorcière qui rêvait d'être une princesse

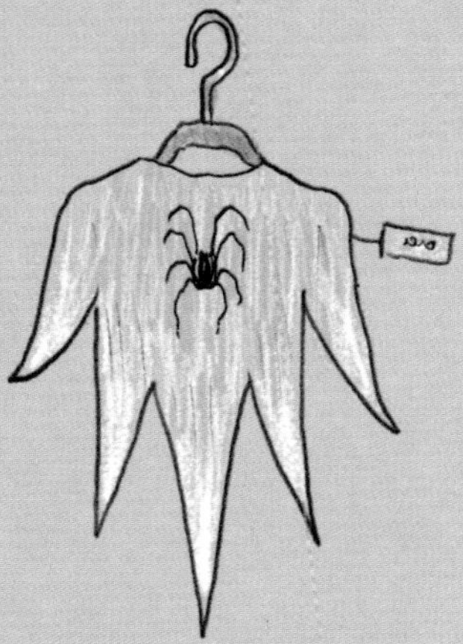

*Zouk veut une robe de princesse*

C'est l'été dans la grande, très grande ville. Zouk et Salsepareille, sa maman, s'envolent acheter leur tenue de plage pour les vacances.

Elles vont aux « Galeries Balayettes », le grand magasin des sorcières chouettes.

– Regarde, ma chérie, dit Salsepareille, ce petit maillot en peau de crapaud est vraiment trop beau ! Et ce petit chapeau chauve-souris, comme il est joli !

Zouk fait la tête. Elle a horreur d'acheter des habits.
Elle doit en essayer des tas et des tas, et cela ne lui plaît pas.

Son rêve secret, c'est d'avoir une belle robe de princesse,
rose avec des rubans violets…

Mais Salsepareille ne veut pas : quand on est une sorcière, on ne s'habille pas en princesse ! Sinon, on verrait n'importe quoi : des rois habillés en clochards et des chiens en chats !

Zouk ne se laisse pas faire, et comme c'est une petite sorcière qui a du caractère, elle pique une énorme colère. Elle crie fort, très fort, très très fort. Les vitrines du magasin se brisent en mille morceaux et tout s'envole : les clients, les vendeuses et les vêtements !

Quand Zouk finit par se calmer,
on dirait qu'un ouragan est passé : tout est cassé !

Le directeur du magasin arrive, très fâché.
– Vous allez devoir payer les dégâts ! dit-il.
Salsepareille est embêtée...

Mais c'est la sorcière la plus forte de la terre.
Elle prononce une formule magique :

Salsepareille gronde un peu Zouk, puis elle lui pardonne :
elle lui achète la robe de princesse tant désirée.

Et Zouk promet de ne plus recommencer...
jusqu'à la prochaine fois !

# *La prisonnière du donjon*

Comme tous les matins dans la grande, très grande ville, Zouk va à l'école.
Elle aime bien l'école, car on y apprend plein de choses nouvelles.
Mais ce que Zouk préfère, c'est jouer pendant les récréations
avec ses amis Bingo, Nono, Spaghetti et Clafouti.

Zouk dit : – On va jouer ! On dirait que je serais la princesse
et que je serais prisonnière de Bingo et Nono, deux horribles gardes,
et que Spaghetti et Clafouti seraient deux reines très cruelles.

– Oh non, s'exclament Bingo, Nono, Spaghetti et Clafouti.
C'est toujours nous les méchants ! Puisque c'est comme ça, on ne joue pas !
Zouk n'est pas contente.

Et comme c'est une petite sorcière qui a du caractère,
elle prononce une formule magique.
Aussitôt, elle se transforme en princesse, la cour de l'école se transforme en château, et ses amis en horribles gardes et reines cruelles !

Zouk est heureuse.
Pour une fois, elle a réussi son tour de magie.
Elle est enfin une princesse et elle fait semblant d'être prisonnière et triste.

Mais au bout d'un moment, elle commence à s'ennuyer, toute seule.
Personne ne vient la délivrer, les gardes et les reines ne font pas attention à elle.
En plus, ils ont l'air de bien s'amuser !

– Allez, on joue ! Venez me délivrer ! crie Zouk.
– Non, non et non ! répondent les gardes Bingo et Nono. Pas question !
– Pas question ! répondent aussi les reines Spaghetti et Clafouti.

– On arrête tout, ce jeu est nul ! dit Zouk en pleurant de tout son cœur.
Mais elle n'arrive pas à dire la bonne formule magique
pour que tout redevienne comme avant.

Heureusement, Salsepareille sa maman, la sorcière la plus forte de la terre, arrive à la vitesse de l'éclair. Elle prononce la bonne formule magique...

... et tout redevient comme avant.

Elle gronde un peu Zouk, puis elle lui pardonne.
Et Zouk promet de ne plus recommencer... jusqu'à la prochaine fois !

# *Le prince presque charmant*

Zouk, la petite sorcière, est plongée dans la lecture des magazines de princesses.
« La princesse Chabada va épouser le roi du Bigoudi », lit-elle.
– Quelle belle histoire d'amour ! dit Zouk. Comme ils sont beaux !
Ils sont heureux, amoureux...

« Ah…, pense Zouk, moi aussi, je veux un prince charmant qui m'épouse quand je veux ».

– Suivez-moi ! dit-elle à Noyau et monsieur Potiron.

Noyau et monsieur Potiron lui disent :

– On veut bien être ton amoureux, tous les deux.

– Impossible, dit Zouk, vous êtes mes amis d'enfance…

Et puis on n'a jamais vu une princesse épouser un chat, encore moins un potiron !

– Venez, dit-elle, on va chercher…

Et les trois amis s'en vont dans la grande, très grande ville.

« Où trouver un prince charmant ? se demande Zouk. Réfléchissons...
Je sais, un prince charmant habite dans un château charmant, évidemment ! »

Et justement, en voilà un !

Zouk et ses compagnons se précipitent, mais le portier les arrête :
– Stop ! C’est écrit : les légumes, les enfants
et les animaux n’ont pas le droit d’entrer.

À cet instant, un petit prince charmant sort de l’immeuble et passe devant Zouk sans la regarder. Il monte dans sa limousine et lui claque la porte au nez.

Zouk, qui est une sorcière qui a du caractère, prononce la formule magique :
– Abracadabri cadabra ! Amoureux de moi, tu seras !
Et Zouk se retrouve dans la voiture aux côtés du prince charmant...

... qui veut l'embrasser... C'est dégoûtant, il ne s'est pas lavé les dents !

Zouk ouvre la porte et s'enfuit, mais le petit prince pas si charmant la poursuit.

Zouk a beau réciter toutes les formules qu'elle connaît, rien ne marche.
Le petit prince dégoûtant lui court toujours après.

Mais elle finit par dire : – Abracadabri cadabra ! Pour l'amour, on attendra !
Et le petit prince est renvoyé dans son château. Ouf ! Qu'est-ce qu'il était collant !

La magie, pour tomber amoureux, ce n'est pas une solution.
Et Zouk promet de ne plus recommencer… jusqu'à la prochaine fois !

# *Pas facile d'être princesse*

C'est le soir et dans la grande, très grande ville, tout est calme.
Salsepareille a décidé de faire réviser à sa fille chérie,
Zouk la petite sorcière, ses formules magiques.

Pour commencer, Zouk et Salsepareille se transforment en dragons.
C'est toujours amusant de cracher du feu et de voler.

Puis elles se transforment en hiboux, c'est chou !

Mais Zouk veut être une princesse. C'est son rêve secret, vous le savez.
Salsepareille dit : – Une petite sorcière, ça se transforme
en chauve-souris, en tigresse, mais pas en princesse.
Zouk est une petite sorcière qui a du caractère. Elle lit la formule magique :

Et VLOUF ! Zouk et Salsepareille se retrouvent
dans la salle du trône d'un château enchanté.

Zouk est heureuse, elle est enfin une princesse !
Tout le monde se prosterne devant elle. Elle est la plus belle.

Au bout d'un moment, Zouk en a assez des courbettes. Par la fenêtre, elle voit des enfants qui jouent. Zouk dit : – Chouette, je vais m'amuser !

– Non, mademoiselle, dit la reine Salsepareille.
Une princesse ne peut jouer. Elle abîmerait assurément sa robe.
D'ailleurs, votre professeur de danse et de musique vous attend.

Zouk n'aime pas la danse,
surtout le menuet.
Elle préfère le rock, c'est sûr !

Zouk n'aime pas non plus le piano.
La guitare électrique,
c'est plus rigolo !

Zouk est fatiguée : elle a mal aux pieds, elle a mal aux doigts,
mais une princesse, ça ne se plaint pas !

Et le repas, n'en parlons pas ! Que des mets compliqués
et des serviteurs pressés. Pas de bave de crapaud, pas de rôti de rat.
En plus, on ne peut même pas manger avec les doigts !

Et à six heures, au lit !
Une princesse doit beaucoup dormir pour avoir la peau douce et rose.

– Ah non, non et non !
Décidément, ce n'est pas amusant d'être une princesse ! dit Zouk.
Je veux redevenir comme avant.
Alors, Salsepareille prononce la formule magique :

Et Zouk promet de ne plus recommencer… jusqu'à la prochaine fois !

# *La potion de princesse*

Aujourd'hui, Zouk a décidé de fabriquer une nouvelle potion de sorcière.
Elle se demande : – À quoi pourrait bien servir cette potion ?
– À devenir orange, dit monsieur Potiron. C'est très joli, l'orange !
– Non, dit aussitôt Noyau. Le noir, c'est beaucoup plus élégant et ça amincit !

– C’est moi la sorcière, c’est moi qui décide ! dit Zouk.
Je vais faire une potion pour devenir princesse.
Comme ça, je serai la plus belle et tous les princes charmants seront amoureux.

Je commence : dans un grand bouillon de limaçon, jeter un crapaud pas beau, ajouter dix pattes d’araignées, trois feuilles d’ortie et un poil de barbe du Père Noël.

Catastrophe ! Il n’y a plus le moindre petit poil de barbe du Père Noël… Que faire ?

Zouk est une petite sorcière qui a du caractère.
Elle n'hésite pas. Elle enfourche son balai et s'en va dans le froid et la neige.

Mais Zouk est partie vite et elle ne s'est pas assez habillée.
Il fait froid, si froid, que notre petite sorcière gèle peu à peu sur son balai.

Un peu plus tard, au pôle Nord, c'est une Zouk transformée en glaçon qui frappe à la porte du Père Noël.

– Vite ! dit le Père Noël. Pour te réchauffer, je vais te faire un bon chocolat.

Il installe Zouk près de la cheminée.
Elle fond et redevient notre petite sorcière adorée.

Elle saute au cou du Père Noël pour l'embrasser…
et elle arrache discrètement un poil de sa barbe.

Le Père Noël lui donne un bon gros manteau et Zouk peut rentrer chez elle
en serrant au creux de sa main le précieux poil.

Elle finit sa potion et se transforme en princesse.
Bravo Zouk, on ne te reconnaît plus… enfin presque !

***La vie en rose***

Ce matin, Zouk est très fière. Son papa, Saluléga, l'emmène dans sa grande voiture visiter son usine : l'usine « Sorcellerie et Compagnie ».

Saluléga explique à Zouk : – Cette machine fabrique des robes
et des chapeaux de sorciers, et celle-là, des baguettes et des balais.

Et voici « l'ordinateuteur » qui commande toute l'usine.
Tu appuies sur ce bouton pour choisir la couleur et la forme que tu veux !

À la fin, cette machine met dans des cartons
les costumes complets avec chapeau, baguette et balai.
Puis les sorciers du monde entier viennent les chercher.

– Bon, il faut que j'aille travailler, maintenant, dit Saluléga.
Sois sage, ma Zoukette ! Et il file dans son bureau.

Mais Zouk est une petite sorcière qui rêve de devenir une princesse.
Alors, elle appuie sur le bouton rose…
et les chapeaux, les balais, les robes deviennent roses !

Hop ! Zouk a une belle robe rose
de princesse...

Comme
elle est contente !

Mais les autres sorciers, eux, sont très très fâchés.

Heureusement, Saluléga est là ! Vite, il court et il dit sa formule magique.

Et tout redevient comme avant. Il gronde un peu Zouk, puis lui pardonne.
Et Zouk promet de ne plus recommencer... jusqu'à la prochaine fois !

# Joue avec Zouk

## La formule magique

Tu veux faire de la magie, toi aussi ?
Suis l'exemple de Zouk :

Et toi, sais-tu quelle formule magique prononcer pour te faire embrasser par quelqu'un que tu aimes bien ? Allez, on t'aide. Il faut commencer par : **Abracada...,** lui dire de jolis mots puis terminer par : **Fais-moi-un-bécot !** À toi...

# La magie à l'envers

Mais si, finalement,
tu ne veux pas de ce bisou,
prononce la formule à l'envers
en commençant par :
**Des-bécots-j'en-veux-pas !**

# Le mot rigolo

Et si, toi auchi,
tu inventais un mot rigolo
commenchant par **chat** ?
Comme, par exemple :
un chaspirateur (chat + aspirateur),
un charicot (chat + haricot),
une chassiette (chat + assiette)…

Tu peux même essayer
de le dessiner.

# Les mots à enfiler

Les mots sont magiques. Regarde !
Zouk et monsieur Potiron ont fait des colliers.
Si tu nommes chaque dessin dans l'ordre,
tu verras que les mots s'enfilent comme les perles d'un collier.

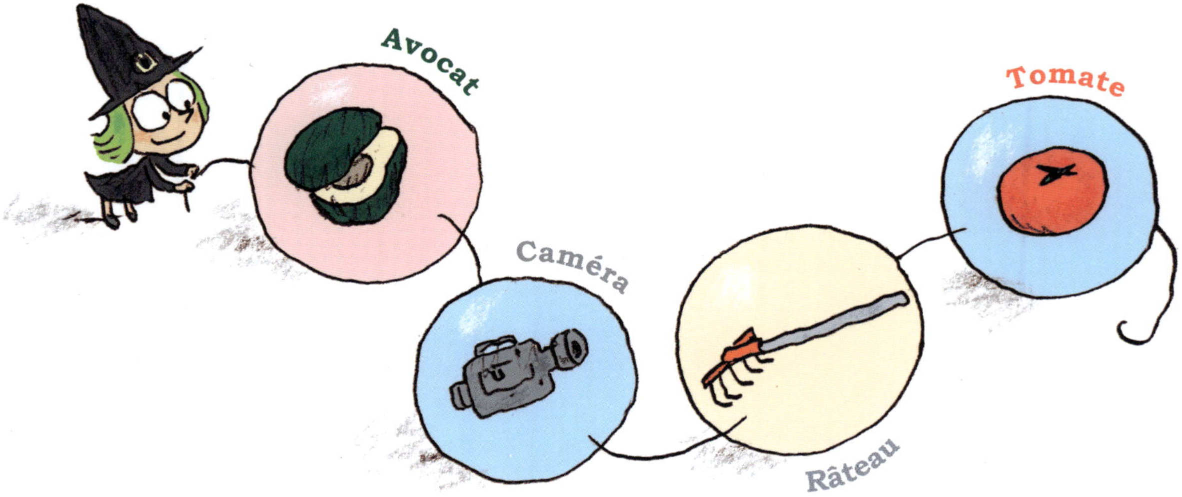


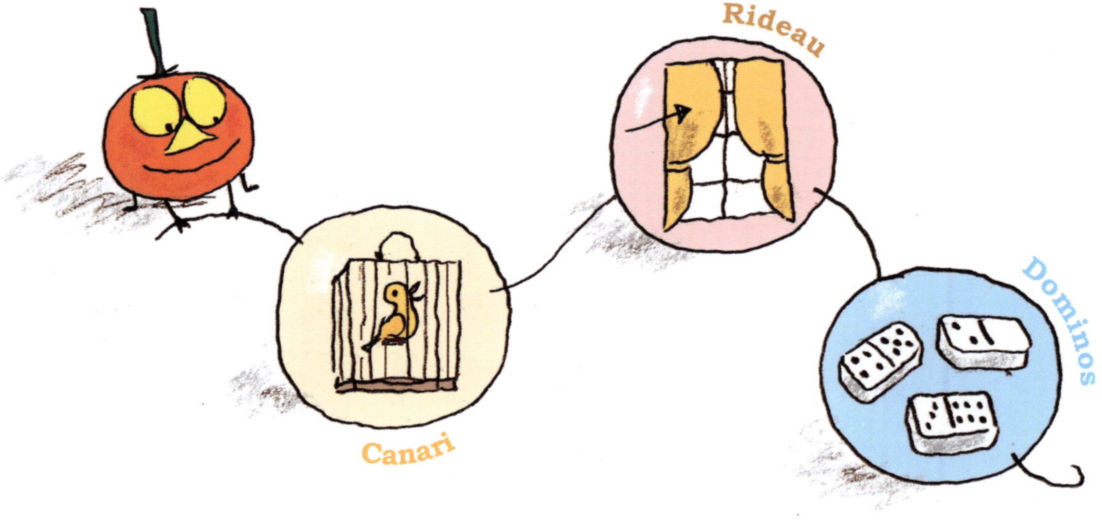

Si tu ne lis pas ces histoires,
je te transforme en canard !

**Retrouve
les aventures de Zouk
en librairie**

*Le magazine* **Les Belles HISTOIRES** *publie chaque mois une nouvelle aventure de Zouk !*